句集

柚の蕾《ゆのつぼみ》

荒井芳子

文學の森

序句

米寿いま柚子の実あまた芳しく

せつ子

句集　柚の蕾＊目次

序　句　諸角せつ子　1
柚の蕾　二〇〇一年以前　7
まてば椎　二〇〇一年〜二〇〇五年　19
初　茜　二〇〇六年〜二〇〇八年　57
竜の玉　二〇〇九年〜二〇一〇年　89
福寿草　二〇一一年〜二〇一二年　121
登山靴　二〇一三年〜二〇一五年　147
あとがき　181

装丁　クリエイティブ・コンセプト

句集　柚の蕾

柚の蕾

二〇〇一年以前

桜蘂降る迷彩服のランドセル

ふくらみてふくらみきりて柚の蕾

五齢幼虫可憐の眼して揚羽の子

執着のひとつを剝がし節分会

ひとつかみ若布と濡れて海女帰る

精一杯だらしない午後彼岸雨

生れ立ての青き息して葱の苗

銀座画廊一隅占めて赤のまま

若葉風ハーブの匂い束ねたる

繙けばしんと冷たし大辞典

水鳥を織り込み川は紬色

春惜しむ人来ては去り休園日

ジャスミンとう葡萄含めりほとばしる

木の葉降るように雀ら舞い上がる

畝高き矢切葱畑老い二人

啓蟄や犬にもわかる褒めことば

上体が孤独青年走る夏

肌を灼く青年仕事ありますか

遠き瞳《め》の埴輪囲みて秋桜

竹林よ小柴垣よと秋嵯峨野

まてば椎

二〇〇一年〜二〇〇五年

初芝居花びら餅をひとつずつ

山茶花や「芸に遊ぶ」と師の遺墨

五合庵寒泉のここにじり口

信濃「分去れ」粉雪にまみれマリア仏

日干し煉瓦の村春節の名残札

始皇帝陵まだ靄のなか麦青む

夢か花広げて谷の烏瓜

水上バイク茶髪青春とめどなく

ひらがなで「へいわ」と書く子流灯会

核廃絶の署名簿のあり秋の寺

落葉松紅葉羅が頬打つように

やわらかにダイサギ着地枯葦原

腰細き主婦らジョギング春隣

出世稲荷の狐のつんと梅三分

春暁や掬う豆腐の腕ももいろ

栗の花別荘の薪積むままに

夏鶯みどり児の肌湯を弾く

粋すじがずいと出て来て盆踊り

つりがねにんじん小人の家も探したし

回る回る青き樫の実独楽二つ

転がせば縄文の音まてば椎

投げ入れの鶏頭炎えて昼茶房

角刈りの満天星紅葉陶の里

カフェテラス鶺鴒春の扉を叩く

赤べこの首ゆらゆらと梅三分

閉園放送わが影長し斑雪野に

春眠し遠くに孫の陣太鼓

喃語にも抑揚ありて豆の花

鬼の顔して木守りの夏蜜柑

飽食といいつつ夜半のさくらんぼ

青葦の光を弾き乙女像
僧兵に似て一団の草刈女

湧水を誘いぬ烏瓜の花

竿灯提げ一団帰る街の闇

昼日透く陸奥の出湯や秋茜

今日は咲く脚の揃いて曼珠沙華

藁《に》塚《お》棚田この島かくれきりしたん

残業の子が帰り来て柚子湯かな

湧水や摘みしクレソン手から手へ

八紘一宇の塔隠れおり八重椿

あの芽吹きこの芽吹きみてさまよえり

樟脳の香のしてロビー武者人形

茉莉花の垣住む人の息づかい

乳の実とう古歌の犬枇杷父恋し

※ちちの実＝いぬびわ

湧水の澱みぬ昼の牛蛙

黄土段丘日干し煉瓦のごとく灼け

黄土平原落日霧の中で燃え
みぞそばや子らの植えたる田一枚

平和行進子の手柔らか猫じゃらし

実 南 天 表 札 三 世 佃 路 地

淑気ほのと一葉像に集まる眼

七草粥目でお代わりと小さな手

母と子と縺れて走る霙道

谷地の池数珠子ふっくりふっくりと

梅白し鳥屋傾いて烏《う》骨《こつ》鶏《けい》

秩父事件　二句

蚕屋障子蜂起支えし女たち

残る井戸伝蔵旧居の梅真白

水笛吹く子らの息乗せ木の芽風

ご開帳秘仏観音上気して

富士少し痩せて駿河は春霞

「無農薬です」婆ひたすらな茶の手摘み

空中都市《六本木ヒルズ》オブジェの蜘蛛の名は「ママン」

黐咲いて輜《し》重《ちよう》輸《ゆ》卒《そつ》碑《ひ》あり村社

蛍袋ふっくら婦人俑の彩

梅雨しとど革新議席定まる夜

森のミュージアムローランサンの夏衣

沼を攻む蒲の大群穂を孕み

八月や眠る子の掌の松ぼっくり

珊瑚樹や目をしばたいて西郷像

非武装地帯板門店に萩こぼれ

子規の眼を探す師走の根岸路地

大風にささくれし夜の柚子湯かな

初茜

二〇〇六年～二〇〇八年

小正月晴れて伝法院通り

せり出して繭玉の上の大黒さま

七日数えて大屋根の雪痩せにけり

またたいて我が家育ちの桜草

手水鉢溢るることも落椿

じじばばを従えベビーカー花見

農の未来歎きつ梨花に目を細め

憲法記念日オープニングにリンゴの唄

爽やかやニットざっくり撫で肩に

鰯雲古代史の虚と真実と

櫨紅葉眼下に大仏殿の鴟尾

仲見世の猪の大額に招かるる

草虱大和国原古墳群

河川敷に小松菜育て青テント

落葉して桂の樹影定まりぬ

憲法九条みどり児の瞳に初茜

五体投地ラサ巡礼の冬砂漠

野水仙弟橘媛かくあらん

梅ほつほつ母が代理の絵馬祈願

手を繋ぐ子のいて桜まつりかな

鶯の声又ひとつ平地林

腹這いて蒲公英追えりカメラマン

ミツマタの手鞠ほぐれて北の丸

鶴岡・羽黒山　二句

ご神木触れればやさし雪解風

爪長き孔子さま笑む春衣

幼な着の袷焦げ色戦災展

焼《やき》津《つ》辺《べ》とぞ万葉古道杜若

黒揚羽遊女の墓碑は高台に

愛吉・すずの墓碑高々と卯波寄す

廃屋に海紅豆燃え佃路地

風に誦す般若心経栗の花

紫紺野牡丹花びらほどの蝶ゆれる

開聞岳は雲の涯《はたて》よ海紅豆

鴉往き来花を閉じたる紅芙蓉

樫の実や昔ながらの子だくさん

払《ほっ》子《す》持つ百観音の秋思かな

新涼や足湯して待つ路線バス

雲南の旅

石磴尽きラマ境内の残り雪

石榴の実甘し湧水絶えまなく

紅葉山鳥一羽を呑み込んで

シャングリラ稲架は天空駈けるよう

冬銀河地にチベットの歌激しも

田中正造を訪ねて

枯桑の大樹滅びし村の跡

かたかごや九十九折《つづら》《おり》なる「塩の道」

酸葉嚙む戦後の空も今の空

馬頭観音傾ぐ山辺の花の散る

潮騒の聞こえるあたりハンモック

ポケットの茗荷をホイと植木職

バスタオル抜けてははしゃぐ裸の児

黄の小花咲かせてゴーヤ日除窓

出生届今年ゴーヤの黄の小花

秋陽浴ぶ天寿の叔母の葬列に

惜しみつつ花殻摘む夜紅芙蓉

菊人形展先ず篤姫に迎えられ

み仏に菊は飾らず菊まつり

安達太良高原少女コスモス色となる

メタセコイアの紅葉降り積み稚《やや》眠る

竜の玉

二〇〇九年〜二〇一〇年

鰐口に五色の流し初詣

臘梅のふくらみほのと長屋門

子の声の透いて冬空かんと冴え

山影ははや店じまい梅見茶屋

風止んで闇に白木蓮咲く気配

ひた眠る若者二人花筵

「天上天下唯我独尊」甘茶熱し

桜蘂降る三尺四方の檻の犬

ふくふくと薄墨桜老いており

レリーフのセロ弾きゴーシュ青嵐

芥子の花ふと顔のぞくモジリアニ

葱植える媼啄木踏みし道

葉末まで緑のシャワー賢治館

風呼んで訪う人を待つ風知草

棉咲くや棟ひとつふえ長屋門

友の絵画展で
カシュガル夏日干し煉瓦に風迅し

七夕竹保育園今昼寝時

万葉植物園にて

乳の実に父の面差し秋日和

溝萩や田の畔踏みて父母の墓

秋暁や目覚めて生命いとおしむ

プラタナス枯葉からからケンケンパッ

プランターのすずな加えて七日粥

精悍に痩せし横顔寒の鵜

足早に地下足袋が踏む竜の玉

春立つや何に驚く雀たち

春泥や児の新しき靴躍る

白木蓮のひとつほぐれて夕茜

かさこそとものの芽誘い雨来る

千切れそう幟はためく梅まつり

幼子にその名教える犬ふぐり

空を掃く欅トンネル芽吹き風

花の雲ライブ始まる喫茶店

壕跡を閉ざすバラ線諸葛菜

物干しに二世帯の色柿芽吹く

新緑や陽光はじく美術館

揺れる揺れるよ高塀の花ミモザ

緑雨かなチェリーセージの紅のぞく

雨滴転がす葉蔭にひとつ郁子青実

夏蝶に恋して溶岩《らば》の麒麟草

捩花や芝生に小さき風おこし

帰省子に父調える夕の膳

ただ走るただ楽しくて裸の子

炎天にぐいと産毛の実からたち
乳の実に朱の一刷け東歌

糟漬けの塩梅もよし今朝の秋

稲穂波眼下におさめ塔高し

若葉風食べて呆けてとろろ汁

黒猫の耳だけ動き秋芝生

渡良瀬遊水地　二句

女人念仏碑傾ぐ寺跡大花野

辛夷の実滅びし村に爆ぜ爆ぜて

冷まじや龍頭の滝は水嚙んで
「すってんぱれ」は浦安ことば天高し

浦安の長屋シャリシャリ貝殻道

紅葉まつりの店抱くよう楠大樹

投げ入れの壺備前焼杜鵑草

この林鳥のお宿黄葉降る

真っ新な足袋頼もしや町衆たち

福寿草

二〇一一年〜二〇一二年

嬰の踏む土は父祖の地福寿草

人来ては去り山門の冬桜

かんと冴ゆ平野の涯《はたて》遠筑波

憚りつつのぞく紅梅冠木門

春立つや汚れの目立つ砂糖壺

雨ほつほつものの芽競う息づかい

榛芽吹く里山の裾うす紅に
おどろおどろ山辺の池に蝌蚪の紐

父親に抱かれて遺影卒業す

春嵐揺れてこぼれて花櫟

雑木林は芽吹きの襖深呼吸

今宵雨とぞ白木蓮の白極む

花びらのような糞して雀の子

母の日や母失いし児の手紙

ふくふくと蛍袋や雨もよい

洋館の白さ映して山法師

弾け出る下校の子らや花さつき

鬱などといってはおれぬ梅熟す

反核署名娘のふっくらと長まつげ

幼稚園母の背も伸び合歓の花

どの窓を開けても青嶺迫りくる

熱き厚きヒレカツ食うぶ暑気払い

群がりて蜂金色に女郎花

「初梨です」提げ行く主婦に風の道

鳥啼いて朝一番の紅芙蓉

「只今」と少女の声す十三夜

緑泥片岩その碧《あお》が好き祖谷流れ

山茶花や箒片手の立話

遊び呆けて手賀沼河童冬うらら

瘤抱いて天空に枯れプラタナス

読み違えなどは気にせずカルタ会

振袖にほのと風立て白ショール

蕗の薹寺に後継ぎ生れたり

母の忌の空つきあげて花山桜桃《はなゆすら》

母と子と父と頰染め入学す

さりげなく席すすめられ花筵

寅さん知らぬ子らも麗らか草団子

花林檎触るる高さを楽しめり

風薫る江戸の遊女の常夜燈

西郷像の眼の恥じらいや花梯梧

「葱種播いた」叔母九十の声の撥ね

終日を風に挨拶猫じゃらし

かつて農道庚申様は稲田道
産直の冬瓜ごろり厨口

ただ晴れているだけでいい七五三

登山靴

二〇一三年〜二〇一五年

満天星の爆笑冬芽あかあかと

着ぶくれて挿頭《かざし》が決め手誕生日

ゆるゆると象の鼻のび春の雲

折り終えて反原発ビラ黄水仙

風起こしては白梅林の咲き進む

紅梅白梅徒長枝競う冠木門

白木蓮一夜の風を抜け点る

ざんばら髪や大王松の若緑

紅《くれない》のトキワマンサク陽をよろこび
大鉢の藤房ひきずって香り

庭育ち蕗煮て暮るる日曜日

著莪咲いて四阿ひそり晶子歌碑

柿若葉子を起こす声二度三度

咲き初めの良き浜木綿の立姿

花びらのいくつかは蝶濃紫陽花

日焼け濃き声近づき来選挙カー

戸を繰れば紫紺野牡丹風立たせ

烏くぐもる上野の杜の木下闇

日焼け眉紺着て女植木職

野牡丹の紫誇る花舗の朝

きらりきら夕日織り込み秋簾

銀杏落葉追いかけられて追いかけて

子ら三人厨をのぞく大晦日

頬染めて書初二枚三枚目

初仕事法被・地下足袋匂う紺

気前よくザクザク倒れ霜柱

夕映えの枯葦に消え鶺家族

しろばんばぽつり子の影風の影

樹皮はらり落して沙羅の春はじめ

除染せし芝生踏まれて植木市

花重き三椏の黄の雨に融け

花曇法被・旗立て県人会

四月寒新聞紙這う真夜の蠅

津波跡瘦せし篠竹斑の定か

『大百姓のおっかあだよ』笑み仮設春

葉隠れの小粒柚の花子だくさん

天辺にまず咲き初めぬ合歓の花

未央柳雨に雄蕊の金の露

若木とて梅三つ四つ常夜燈

八十路かな実生の合歓の初蕾

「猫飼いたいな」幼なつぶやく麦の秋

凌霄花溢れ咲く垣医院跡

浜木綿の花縫う蝶や沖縄忌

惜しげなし背丈髪丈浴衣の子

犬枇杷のさゆれさやけし実のたわわ

月下美人開くや守宮門灯に

空蟬の花しらしらと藪茗荷

ブーゲンビリア朱のしたたかに広島忌

新品の履くこともない登山靴

正造翁の農夫の遺影花木槿

青柚子や友口ずさむ秋刀魚の歌

万葉の豊旗雲ぞ秋没日

談笑の横丁四五人花八ッ手

冬天へ赤芽ふやしてブルーベリー

盛者必衰世の習いとぞ紅葉舞う

花八ッ手青空とあり筑波嶺も

花屑に埋もる路肩露天の灯

ほろ酔の信楽《しがらき》狸春の宵

八重どくだみひっそり日蔭昼の鐘

「学べよ」と図書館大樹椎の花

デモ隊列励まし制止し先導車

あとがき

俳句を始めて約二十年。自然との触れあい、句会や吟行でのほどよい緊張感、良き師・良き友との出会い。俳句は私を元気にさせてくれました。「道標」への投句二回目で古沢太穂先生の選評をいただいた嬉しさ。この句集の題名はその句からとったものです。

ふくらみてふくらみきりて柚の蕾

それは、まるで私の家の庭の柚子をご存じのような評でした。
引き続き「東葛句会」で、諸角せつ子主宰のご指導を直接受ける恵まれた環境の中で今日に至っています。諸角先生は常々「対象をよく見る」「把握した対象を身体に浸透させてから表白する」「感じる」そして必ず「勉強しなさい」とおっしゃいます。高齢となり、少しずつ薄れ行く感性に、きつい坂を登る苦しさを覚えますが、希望を失わず進みたいと思っています。

俳句が作れないとき、私が駆け込む近くの公園。その名は「21世紀の森と広場」。昔は谷地《やち》と言われた低湿地帯で、四方から湧水が集まる大池があり、広大な芝生が広がる里山の天辺にはオオタカが住み、鸊や鴨が池に泳ぐ。冬には白鳥が山を越えて大池の一つ上の小池に来る。観鳥小屋があって、鸊・鴨の家族、その前でじっと動かぬカワセミ、そして水辺の榛、臘梅。夏はレースを編んだような烏瓜、秋は紅葉……。この自然を歩いた約二十年の年月は、私の生きる力となりました。私の俳句の原点です。

素晴らしかった「道標」主催の中国旅行。黄土平原に仏像を訪ね、また麗江・香格里拉《シャングリラ》の風景を楽しみました。茶馬古道、玉竜雪山、東巴《トンパ》文字等々、記憶は次第に薄れるものの、懐かしく、輝いてまいります。

今年は安保法制に名を借りた戦争法が国会で強行採決されました。しかし今もこの戦争法に反対する学者の会、シールズ、ママの会など多様な運動が大きく広がっています。また、「自分の子も人の子も絶対に戦争で死なせない」と集会で決然と語るママの存在などもあり、我が子を黙って国に差し出した私たちの母の時代をつくづく思います。

夏の夜、豪雨の中を近くの公園に「戦争させない」の一点で、労働者や市民が六百人も集まったときのこと。ずぶ濡れのデモ隊の先頭に立つ先導車の力強さに思わず涙が出ました。

デモ隊列励まし制止し先導車

諸角先生も「道標」一二月号の「同伴者の独語」にとってくださいました。春、今年も柚子は真っ白な花をふくらませ、やがて青い実が鈴なりになり、傍では沢山の揚羽の幼虫が育ち、美しい蝶が柚子の道を巣立って行きました。今は鮮やかな黄色の実が、冬至を待っています。

この句集の刊行に当たりましては、多くの方々のお力添えをいただきました。恩師諸角せつ子先生はじめ、「道標」の千葉幸江さん、「文學の森」の皆様に大変お世話になりました。無理なお願いを快くお聞き届けくださり、ありがとうございました。心から感謝申し上げます。

二〇一五年師走

荒井芳子

著者略歴

荒井芳子（あらい・よしこ）

1928年　栃木県生まれ
1994年「道標」入会
1995年「新俳句人連盟」入会
2001年「道標」努力賞
2002年「俳句人」雑草賞の努力賞
2008年「道標」同人
2014年　道標賞

現住所　〒270-2261　千葉県松戸市常盤平 2-3-2

句集

柚《ゆ》の蕾《つぼみ》

発　行　平成二十八年十一月七日
著　者　荒井芳子
発行者　大山基利
発行所　株式会社　文學の森
〒一六九-〇〇七五
東京都新宿区高田馬場二-一-二　田島ビル八階
tel 03-5292-9188　fax 03-5292-9199
e-mail mori@bungak.com
ホームページ http://www.bungak.com
印刷・製本　竹田　登

ISBN978-4-86438-523-7　C0092